U0040889

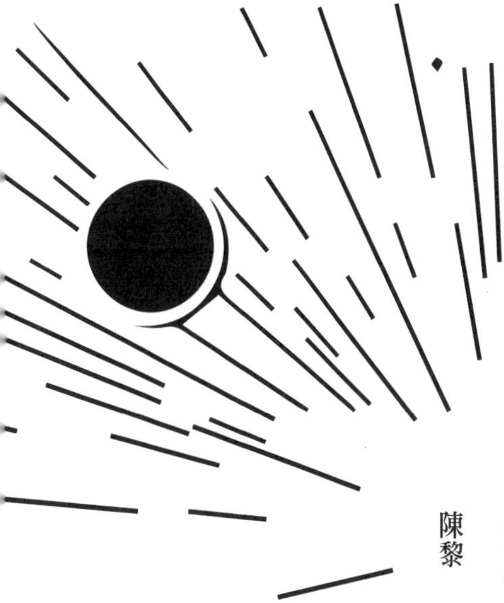

小宇宙&變奏

現代俳句266首

陳黎

目錄

「小宇宙」二〇〇首

「小宇宙」變奏六十六首

取材自《小宇宙》二〇〇首，依序由三（或四）首詩圈字重組而成。

1

他刷洗他的遙控器
用兩棟大樓之間
滲透出的月光

2

我倦欲眠：
輕聲些
如果你打電動

3

現代情詩三千首：

賓館裡

沒有眞實主人的同樣的鑰匙

201

（據1～3首）

兩樓之遙：
月光遙動我
欲你之鑰

4

枕軟如春草：
什麼東西
能支撐我入夢？

5

總統府簷下的雨滴：
已故領袖的銅像們說
這是我最懷念的卡拉ＯＫ之歌

6

快速而下行的滑奏：
有人在我童年的窗口
放了一把梯子

202

（據4～6首）

領袖們的銅像卡拉卡拉
快速軟下如什麼東西
雨滴們說：ＯＫ

7

對於駐足在鬧區工地鷹架上的
蝴蝶，我能說什麼？
除了啊、啊……

8

春日有毛：
愛人啊，你沒有刮乾淨鬍子的
嘴巴，又來吻我了

9

它邀請我進入電視機
在我離開的座位上
我發現一棵沒有葉子的金屬樹

203

（據7～9首）

愛位於金屬區：

巴金／現金

什麼能刮開愛？

10

紫色的黃昏：
最後一桌飲下午茶的諸神
不小心打翻了葡萄酒架

11

繞著黃昏旋轉的直升機：
我們常常抓著一條電線
等候拉回青春的風箏

12

她掀起藍色的水的肌膚
讓我們看見，藏在海的陰影裡
我們遺失的燭淚

204
（據10～12首）

諸神黃昏海飲春酒
神桌上，我們青春的
葡萄，肌膚掀翻

13

寒冬野地小便：
瑟縮的星，暗中
迸發做熾熱的瀑布

14

我等候，我渴望你：
一粒骰子在夜的空碗裡
企圖轉出第七面

15

朝露的人生，朝露的
人生，然而，然而
那照著的陽光是好的……

205

（據13～15首）

夜的空碗裡
你暗中迸出的
小便的星光

16

秋風中有人——
我是說，秋風中有人看到說
秋風中有人

17

巴爾托克，巴爾扎克：
我反覆用喉舌敲出
這幾個簡短有力的祕密電文

18

寂寥冬日裡的重大
事件：一塊耳屎
掉落在書桌上

206
（據16～18首）

冬日，反復
用寂寥敲落
我耳中大塊秋風

19

高樹公路：

我們隔著半座城市，各自在頂樓眺望

並且到達，對方窗前的行道樹

20

冰棒般，自夢的嘴角
溶化開來的
夏夜的微笑

21

眼淚像珍珠，不，眼淚像
銀幣，不，眼淚像
鬆落後還要縫回去的鈕釦

207
（據19～21首）

在夢的銀樓冰溶的
我們不行公開的
淚的銀幣

22

配戴夏與秋的獎牌
老年，無法拒絕
冰雪塵土的冬季運動會

23

回到童年的國小接我的女兒
幾千個相同的學童從操場湧過來：
迷失在鏡子花園的一隻蛺蝶

24

一條小瀑布懸掛在山腰處
水細聲小
一條小瀑布清涼了整個夜晚

208
（據22～24首）

清涼的瀑布：
從童年懸掛到老年的
夏夜的獎牌

2 5

想飛的電線桿有可能成爲
一炷香，如果
電線走火

26

用杯子喝你倒的茶
用杯子喝從你指間流下的
春的寒意

27

喜悅是一個洞
鑽打進物體，流出
果實般的母音

209

（據25～27首）

杯子洞茶你的體香：

一想，流

火

28

愛情運輸學：眼睛的紅綠燈
心的斑馬線，因失火而
交通大亂的嫉妒的消防車

29

向死亡致敬的分列式：
散步的鞋子工作的鞋子睡眠的
鞋子舞蹈的鞋子……

30

每一條街是一條口香糖
反覆咀嚼，但
不要一次吃光

210

（據28～30首）

鞋子咀嚼街：

愛情反覆咀嚼

嫉妒的口香糖

31

春雨：屋簷下
一個小孩掌上比雨響得更急的
電動玩具

32

一個小孩拿著汽球，騎著
旋轉木馬：木馬旋轉回原地
汽球升空，小孩不見了

33

辭典裡夾了一隻死蟲：
陽光下翻閱，變成了
一個新字

211
（據31～33首）

陽光小孩辭典（下）
裡的新字：
死

34

哪一位開玩笑的神從天上
丟下一塊透明的巨石：
盛夏破裂而燦爛的海的鏡子

35

連結孤峰與孤峰的
是孤寂，以及
黑鳥、白鳥的目光

36

逃家學童書包的博物館：

鉛筆盒，作業簿，便當

打火機，人皮面具……

212
（據34～36首）

海，丟下黑鳥
白鳥的目光
裂開鏡子逃家

37

臥室出租：長六尺，寬略大於
肩，鬧中取靜，水電全免
地下室，密閉，適合單身貴族……

38

寒冷如鐵的夜裡
互相撞擊、取火的
肉體的敲打樂

39

第一屆史特拉汶斯基電腦鍵盤音樂賽：指定曲——爲電腦鍵盤與三台非賭博性電玩的奏鳴曲

213
（據37～39首）

夜的台地寬大如音樂史
合全體敲打族互鳴
室內樂

40

音樂催你入眠，不斷旋轉
直到你也成爲一張雷射唱片
薄薄地停放在唱片槽裡

41

鳥叫我起床
花園裡許多可口的
陽光的毛毛蟲

42

曠野裡一台紅色的挖土機
以及，即將出土的
我們的另一座城市

214

（據40～42首）

花是你的眠床

土土，雷雷的

我也是

43

手套和手套握手
在裡面，乳酪般
愈擠愈模糊的我們的臉

44

坐在我心的廢墟上的人啊
小心攀住我的歌聲，以免滑落時
因爲失速，墮入沒有邊界的憂傷

45

兒童節早晨：我們遠足到
時間的岬角，等候遠足遲歸的
祖父們騎落日回來

215

（據43～45首）

小歌遠憂傷：
乳的岬角（啊滑）
我心遲遲

46

寂靜的囚犯：我們用言語擊碎
透明的牆，又被迫
用呼吸夾回每一片被打破的沉默

47

像鎖不死的水龍頭
滴，滴，滴……
鎖不死的夏蟬潮濕的嘮叨

48

除了床，我們還能選擇
什麼樣的潛水艇
自現實的大海潛入夢境？

216

（據46～48首）

被現實的水龍頭死鎖的水
潛入夢境，用鎖不死的
滴滴滴破牆潮濕

49

所有夜晚的憂傷都要在白日
轉成金黃的稻穗，等候
另一個憂傷的夜晚收割

50

蘋果臉：啊女孩
我願意是你蘋果樹上
一隻食時間之蟲的啄木鳥

51

雲霧小孩的九九乘法表：

山乘山等於樹，山乘樹等於

我，山乘我等於虛無……

217

（據49～51首）

啄木鳥啊，願我等
乘雲啄霧，啄
時間的白臉成白金

52

天空用海漱口，吐出白日的
雲朵；夜用星漱口
吐出你家門前的螢火蟲

53

回力球般急旋入夢，反彈
復反彈的
深夜的狗吠

54

舌是語字潮濕的根：
啊伸過來，再伸過來，成爲我
乾渴的口中祕密的驚歎號

218
（據52～54首）

自日用力過火
夜用夢
反彈……

55

郵票正貼：
我想貼的是一小塊你喜歡吃的
蛋糕，或者嘴唇

56

在你頸際閃耀著的是
我的目光串成的
一條項鍊

57

蛋：最優美的夢的
造型；不忍戳破的
冥想的子宮

219
（據55～57首）

夢的正宮最正的項目：
閃耀的你的
唇糕——我想吃

58

打開沮喪的籠子：
飛出去空虛
飛進來虛空

59

古寺鐘聲……退化成
心跳單調的鬧鐘……退化成
無聲無息的電子錶

60

在巨大混亂的世界迷宮
唯一憑藉不至於走失的，也許是
你給的小小的肉體的地圖

220

（據58～60首）

你：肉體的籠子，
無聲（不無息）的
亂鬧的鬧鐘……

61

母親的藍絲巾：
夏夜深奧
而潮濕的星空

62

「草和鐵鏽誰跑得更快？」
春雨後，廢棄的鐵道旁
有人問我

63

在不斷打破世界記錄之後
我們孤寂的鉛球選手，一舉
把自己的頭擲出去

221
（據61～63首）

舉頭，星空鐵道：
深藍的夏夜，
快把我擲出去！

64

頭蓋大對獎：
集滿「生老病死」四字
兌換最新戀愛指南一冊

65

陽光的奶油塗在酥鬆的
心情上：星期天早晨
烤得剛剛好的土司麵包

66

一顆痣因肉體的白
成爲一座島：我想念
你衣服裡波光萬頃的海

222

（據64～66首）

兌換指南：一星期換一天戀愛，一天換一早晨波光萬頃的海，一座海換你酥鬆的新衣，一生換你衣服裡一顆痣

67

靜默的豆漿：日復一日
從我的碗流到我的體內的
空白的音樂

68

輕輕扭轉——啊，我惟恐
子夜，從水龍頭流出的，除了
水還有嬰兒的哭聲……

69

夜橫在那兒像一把梳子：
梳我體內毛髮半禿的
樹林嗎？秋天

223
（據67～69首）

在我體內
恐龍體的輕
音樂

７０

打開燈，打開
囚禁在牆壁與家具間的
逝者的眼睛

71

白日把樹削成一枝枝鉛筆
等候風振筆疾書
把枝枝葉葉的心事影印給大地

、72

魚翻躍成鳥：
大海企圖以倒映的藍
網回失去的記憶嗎？

224
（據70～72首）

大海把藍鳥的倒影映給白日
燈把記憶的書影翻回給樹
逝者以風回家

73

急馳的火車上翻閱
《追憶似水年華》：窗外
一大片沉默的海

74

她不是瘋婦；她是
一次次企圖用銳利的笑聲剖腹
生出千千萬痛苦的戲劇女高音

75

旅行人生：一個拖著
一大堆破爛舊皮箱的
破爛舊皮箱似的男人

225

（據73～75首）

海的默劇：火急的苦男
一次次企圖破千年水箱
翻出她的笑聲

76

涼鞋走四季：你看到——
踏過黑板、灰塵，我的兩隻腳
寫的自由詩嗎？

77

他們常常在按摩院門外
拉兩條繩子，舉行
大小毛巾們的手語演講比賽

78

他們把夢壓得薄薄的
像一張金融卡：等候捉襟見肘
的夜，帶著密碼，前來提款

226
（據76～78首）

拉一條夢的繩子，等你
自由帶著手語腳語
前來寫詩的密碼卡

79

啊，波特萊爾
何其寬廣舒適的
感覺的沙發

80

滿天雨意：
我側躺成一座山，在水墨
即將渲染開來的榻榻米上

81

圍繞著秋天的一條線：
透明的，纖細的
深恐被金色利剪剪斷的……

227

（據79～81首）

秋渲染水波成
金色纖細的榻榻米
躺上來啊，上將

82

語字是精力：
在夜的子宮閃閃發光的是
星星，或是詩人們的精液？

83

我是一口鋁箔裝的井
吸我，幹我，用一插即入的吸管——
我的名字叫有井水處就有快感

84

瓊崖海棠，我們每日在路邊發生關係
一次：我扶著你的軀幹在單車上等紅燈
轉綠，你俯身，把昨夜的露水滴給我

228

（據82～84首）

星星用發光的吸管
吸夜的井水，俯滴處——
我們每日的露水

85

隧道也有性愛——她默許那些
打開手電筒、車燈，表明陽性性徵的
追求者進入她的陰部

86

我是人
我是幽暗天地中
用完即丟棄的一粒打火機

87

石榴，在雨中
潮濕地綠著
彷彿有話要說

229
（據85～87首）

石榴也有石榴性
用幽暗的話
默許天地人一粒明綠

88

在一枚夾在書頁中的
枯葉和圓月間
無可言喻的虛無

89

我讓陰影坐在我的搖椅上午睡
偷偷穿走它的鞋子
到唱機旁——等世界翻面

90

激烈的愛帶來的愉快的傷亡：
我流失了五箱葡萄柚的汗汁
你折斷了二十一根頭髮

230

（據88～90首）

穿月影的鞋子，來我

無可言喻的愛的世界

愉快流亡你的髮和根

91

我喜歡你留下來的購物袋：
我用它裝新寫好的俳句，檸檬餅
雨後山色

92

如果是星期八
如果在丹楓白露熱內盧
如果跟你

93

一種藍：如春月
溶化於黑霧，如寂寞
來訪——穿過你的眼神

231
（據91～93首）

溶丹楓於雨後的山色
星期一你來訪
跟你在熱爐內黑白來

94

啊，合唱的盲者
他們的臉是比樂聲更動人的
不協和和弦

95

死硬派的軟體動物：
寄居在褲襠裡，不時出來示威
逞強的一隻無殼蝸牛

96

午寐時，在我身上來來去去的
螞蟻是一堆未定的詩稿中
不安的標點符號

232

（據94～96首）

他硬我軟：
牛啊，人體的
和聲

97

婚姻物語：一個衣櫃的寂寞加
一個衣櫃的寂寞等於
一個衣櫃的寂寞

98

它們也許在談論
落日——屋頂上
那些交頭接耳的天線

99

忽強忽弱的迴旋曲：
虛無共和國的抽水馬桶又在演奏
它們含糊不清的國歌……

233
（據97～99首）

落水天：天國寂寞，接
水的天線／虛線
和屋頂們清談

100

到哪裡找合適的撲滿
存放那些正面白日背面黑夜的
時間的硬幣？

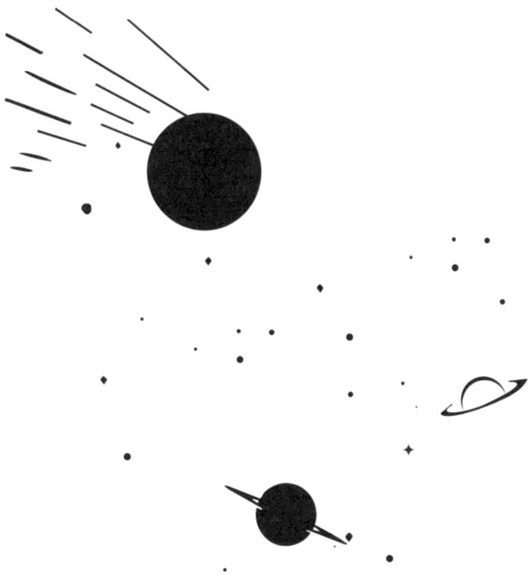

101

生中繼——

我的母親電話中問我：

要不要回來吃飯？

*生中繼，日語，即實況（live）轉播。

102

爭鳴：
○歲的老蟬教○歲的
幼蟬唱「生日快樂」

103

愛

死：古往今來，代代接續的兩人三腳遊戲

愛

234
（據100～103首）

生、死兩老
到哪裡吃
快樂的中飯？

104

兩個肉體，四面斷崖：
一個女人與一個女人
孤絕的愛的風景

105

八九丈清風
四方而來：
我甘心做一支神的口琴

106

和時間拔河：拔過去
薯條粉圓粉刺四季豆
拔過來晝夜不舍的流水

235

（據104～106首）

女人的肉體
拔我斷崖間的口琴
做八九丈清風

107

睡夢中不可承受之輕：
已去的戀人無重力的
雙乳壓

108

大逃亡：讓我藏身在你
裡面，像水溶於水，被
全世界看見，又沒有人發現

109

咬緊鐵齒方能密合無縫的
不倫的拉鍊。唇齒相依
一鬆口：背德的深淵

236

（據107～109首）

不可承受的
拉鍊之咬：戀人
無縫的離去

110

行動電話，閃爍的關係：
大哥大膽，小妹小心。中間是
有時必須沉默以對的語音信箱

111

爲了愛，他們殲滅了埋伏
四周的懷疑，猜忌，渴望之
苦惱，發現只剩下廢墟……

112

大武的海，從車窗內往外看，是一塊
砌得平而整的水藍大涼糕，火車一動
整座海變成一列低溫宅配的透明餐櫃

237
（據110～112首）

小妹低溫餐櫃間埋伏的是
大哥苦惱、渴望的
透明大涼糕

113

此谿名神祕，泰雅人稱臼齒
水石相聚合，時間齒縫間流
我在水中坐，腳趾微笑如齒

＊太魯閣國家公園中的「神祕谷」，泰雅族人稱「砂卡礑」，「臼齒」之意。

114

家鄉的命名：花蓮。洄瀾
奇萊。哆囉滿。里奧特愛魯
「　」

*洄瀾，奇萊，哆囉滿，里奧特愛魯，皆花蓮舊名。

115

山水／家庭之旅：
凹水凸山磨合後
回歸的巨大空白

238

（據113～115首）

神在水中祕磨
我愛人奇特的蓮花巨趾
笑稱：花蓮之大雅！

116

以兩本書爲枕，溽夜席地
而臥，屈腿搖膝覓句的
我，是入夏第一首俳句

117

風的公寓：準備讓
一萬個伴侶集體
受孕的花粉的轟趴

118

海岸教室：
無鷹不起立，有浪才翻書
其餘一律自由活動

239
（據116～118首）

海的俳句：
以浪爲枕，席風而臥
自由翻搖的轟趴

119

吾不如老圃：我畫地
自限，以筆翻鋤，爲
幾株新品種的惡之華

120

列車故障：我們懸宕在
肥胖肥胖的雲朵
和斷了梯的白日夢之間

121

和七十歲的母親在外吃早餐
淋上陽光的生菜沙拉中
她十七歲的笑容

240
（據119～121首）

畫筆中斷之故
華沙來的列車雲間翻車
懸爲陽光的惡夢

122

一排靜止的消防車在他眼前
無人理會坐在消防隊前面
茶舖裡，那人心中的大火

123

胸衣後，她半露的乳房
像鼓在嘴裡的悸動的母音
因你的驚歎，脫口而出

124

耳順，知天命的曠野
青春拔營而去
青春痘的椿釘仍在

241（據122～124首）

消防車在消防隊前
乳房在她胸衣後：
青春的大火

125

一粒骰子在夜的空碗裡
轉出第七面：
神啊，你居然在

126

芒果餅的月亮：
點點餅屑如此慷慨地讓
異地的情人們同時吃光

127

在年輕人常去的茶舖遇見我的母親
我不敢置信地盯著她。坐在對面的
友人問：你在看哪個美眉？

242

（據125～127首）

神在情人們常去的
茶鋪，盯著
年輕的美眉看

128

在剪髮時醞釀詩：剪髮
是減法，減掉蕪雜的
思想，剩下安靜的絲／詩

129

詩也是加法乘法，加
少女們爲衆妙，乘銀河
胡亂道列車到不可思議之境

130

她在電話另一端聽著聽著
睡著了，留下我一個人
淪陷在她層層呼吸的線圈裡

243
（據128～130首）

髮絲減雜思
加少女的她
呼吸之絲：妙詩

131

一茶人生：
在茶舖或
往茶舖的途中

*小林一茶（1763-1827），日本俳句詩人。陳黎有詩〈一茶〉，收於《島嶼邊緣》；有散文〈一茶之味〉，收於《偷窺大師》。

132

在巴黎一間老闆大陸人，夥計
台灣人的麵館吃麵，找回一張
破爛油膩，黏補過的歐元鈔票

133

那女侍端盤清桌多輕巧
絲毫不知黏在她光滑
臂膀你目光之油膩難拭

244（據131～133首）

茶鋪吃茶
麵館吃麵
人間吃人

134

星子們完全不理會傾目光對飲
宿醉後的杯盤狼藉，黎明的
桌布一鋪又是清潔溜溜的一天

135

六寸的玉謂瑄——
學了一個愉悅的字和
感覺，從你的名字

136

啊嫦娥，你行李箱裡
裝著的是對地球唯一的
牽掛：月相接收器

245
（據134～136首）

你行李箱裡裝著的是
你完全不理會的
對你的感覺和目光

137

台南火車站前那名斷臂的乞者
他什麼地方也不去，他臥地磕頭
爲每一個奔月或奔往月台者擊鼓

138

車過屏東，響起老歌手詠唱過的
一連串地名。相隔二十五年，啊行吟者
以如此緩慢的方式，陳黎到達陳達

*陳黎詩集《動物搖籃曲》裡有〈口占一首寄陳達〉，寫於一九八〇年。

139

龜山島是一隻龜，徐游於車窗外的海上，讓窗內的旅者成爲龜兔賽跑裡快捷的兔，因混淆不清的海天之藍昏昏欲睡，醒來對手已不見

246
（據137～139首）

達達的龜是徐緩的行吟者或鼓手
擊地爲鼓，達，達，達，達
以歌奔月，達天……

140

我的龜山島也跟我的台灣島賽跑
五十年來，頂多抬頭用力把一波波
翻白的浪推向本島接著又退下來

141

從人間取材
和天和地排排坐
排出我的俳

142

一二僧嗜舞
移二山寺舞溜溪
衣二衫似無

247（據140～142首）

二人，一山，一島：
一波波浪
翻白

143

嬉戲錫溪西
細細夕曦洗屣躧
嘻嘻惜稀喜

*錫溪，溪名，位置不詳。屣，鞋。躧，舞鞋。

144

快快來跳舞
大港口部落的阿美士
月光在喝海洋

145

愛就那樣掛在樹上
愛就那樣掛在乳房上
來拿啊，哥哥

248
（據143～145首）

來呀哥哥，來乳房的
港口喝月光的海洋：
嘻嘻嬉戲夕

146

布農布農……我們是嗡嗡響的
蜂盒，我們是用和聲釀製蜜的
蜂巢，封鎖而飽滿的母音合唱

147

你的聲音懸在我的房間
切過寂靜，成爲用
溫度或冷度說話的燈泡

148

……

。

，

249

（據146～148首）

你的聲音封鎖我的
聲音。。。。。。
成爲冷靜的蜜……

149

懷璧是我的罪：有一件事，用口
宣告太喧騰，又不想讓它沉默
成金，只好化做玉，貼近心宣示

150

玉里，我母親的家鄉，原名璞石閣
布農語塵沙滾滾：你不說話
玉裡唯塵沙滾滾

151

時間與水的對話：滴水

穿石，一滴一個字，反覆的

一個字，一個音——ㄞˋ……

250
（據149～151）

「沉默」一語的原罪：
唯心，反（用）口說
（它），時間的金閣。

152

愛，或者唉？

我說愛，你說唉；我說

唉唉唉，你說愛哀唉

153

世俗的三P：匹夫匹婦
加阿匹婆；神聖的三P：
披髮披星批一切仁義道德

154

愛之喜：捷運車上，手機
說我到了；愛之悲：
您的電話將轉入語音信箱

251（據152～154首）

愛之喜，阿婆說
唉，捷運
愛之悲……

155

我在木柵考試院附近，你在板橋
考試題目：如何拆掉木柵，把
一根根木頭連成通向你的板橋

156

報紙上說天文學家宣布發現太陽系第十顆
行星：你終於注意到餐桌上五顆蘋果，四顆
水蜜桃外，滾得遠遠的那一顆我送的苦梨

157

停車路邊，臥看鼻外清澄的藍天
一隻小蟲在我鼻尖，彷彿在峰頂
此際，我的軀體是家鄉的一列山

252
（據155～157首）

蟲蟲頭目送小蟲的文宣：
看清苦梨的軀體
向餐桌上水蜜桃的峰頂！

158

人啊，來一張
存在的寫眞：
囚

159

晨起，一片片冰涼的豆花入口

如一次次完整的舌頭：這是

絕不會變質的花言巧語，舌吻

160

讓芭蕉寫他的俳句，走他的
奧之細道：我的芭蕉選擇
書寫你的奧之細道

*松尾芭蕉（1644-1694），日本俳句詩人，有俳文遊記《奧之細道》。

253
（據158～160首）

囚：
我的人如豆花
入你的口

161

日日，從破漁網拆下的鹽粒之線

從舊傷口拆下的音樂之線，

一針一針，一星一星……縫成今夜

162

寫下這一行字，在神或者
你自己干預前，完成
這首詩如完成一間光之屋

163

小指頭破了個洞，不能挖鼻孔
今夜的星光，就像點點鼻屎
黏在暗暗的鼻孔，不肯掉下來

254
（據161～163首）

日網光，夜網星
詩網字，鼻網鼻屎
神網你的暗傷

164

上午強烈地震把化妝台上母親的
珍珠耳環震不見了。下午強烈
地震又把母親的珍珠耳環震回來

165

我的父親在花蓮監獄服無期徒刑假釋回來
我的弟弟在花蓮監獄服無期徒刑假釋回來
我在蚊蟲愛咬眾癢難消的肉身服刑，尙未假釋

166

地震把監獄的大圍牆震倒了，越獄
逃跑尚未抓回的重型輕型犯包括
兩隻狼狗七十隻老鼠八十六隻蟑螂

255
（據164～166首）

衆蚊震耳，來回輕震
我的珍珠耳環，輕咬輕咬
把珠珠蚊身在我的肉

167

囚：

個人睡個人的榻榻米

個人吃個人的棺材板

168

囚：你看到與你視訊對話的裸裎
的我嗎？遙遠時間空間的窺淫者
透過文字進行網交的思想的共犯

169

誰最大：宇宙最大？皇帝最大？神最大？
死最大？G罩杯最大？吃最大？——
我先去大便

256

（據167～169首）

囚與囚的視訊對話：你吃
大便嗎？你裸睡窺淫嗎？
你與神，與死網交嗎？

170

視窗裡我的沈寂思汗鐵騎越過歐亞陸塊
直下你南方草原，不幸/何幸遭鼠疫
被你鼠蹊間濕黏的滑鼠夾殺成一團　水

171

諸神們路過人間隨興起舞狂歡
太高了，他們的高跟鞋
讓他們看不見腳下地震的慘烈

172

因爲神的缺席，人發明神話

因爲死比生面積大，所以鬼話連篇

請說一句人話——「幹！」

257

（據170～172首）

視窗裡我隨狂歡的諸神
越過比歐亞陸塊面積大的
死，跟人間的你說：「幹我！」

173

幹什麼把粗話變成詩話？幹什麼把
生活回收成情歌？幹什麼讓幹部插入
被幹部？幹什麼讓現實插入虛構？

174

生活在此方散步在此方眺望在此方流汗在此
方碑／盾牌／信簡／家／盤鍵／板滑／舟方
此在葬埋方此在寫書方此在動騷方此在叛背

175

多年後重扣心房，我說芝麻開門，所有
食物已從你詞庫刪除。我徒勞地置換
關鍵字：黑砂，寶貝，抱歉，愛我……

258
（據173～175首）

生活背叛詩，愛背叛
情歌，芝麻背叛開門
關鍵背叛關鍵字……

176

母親教我的歌，用夢的睫毛膏
用夜寫歌詞，唱給花的
姊妹聽，唱給我的女兒譜新曲

177

太魯閣，我們沒有出生在那裡，但
一次又一次被它的沙金被它的風
雨洗身體，所以我們變成太魯閣溪

178

「夜靜了，鳥兒也回巢去。夜靜了，爸爸你
快睡吧。雖然星星很明亮，雖然貓頭鷹剛
睡醒，雖然你還沒有睡著，但是夜眞的靜了」

＊此首爲陳黎女兒陳立立七歲所作搖籃曲〈夜靜了〉（詞亦其所作）。原詞中「寶寶」兩字此處被置換成「爸爸」。見陳黎《立立狂想曲》。

259

（據176～178首）

夜用夢的金沙洗星星，母親
教貓頭鷹姊妹們唱新歌
夜明，花兒們有新的睫毛膏

179

里奧特愛魯，異國情調的家鄉之名
葡萄牙人產金之河。就在這裡，這閃亮
依舊的立霧溪，我立在霧中我旅行

＊十六世紀，葡萄牙人航經台灣東海岸，發現（立霧溪）產沙金，遂以葡萄牙本國河流「里奧特愛魯」（Rio de Ouro：黃金之河）之名稱呼花蓮。

180

海涅（或海德格）說：人生
煩悶。海捏著鼻子歌唱說：
放夢，放夢……

181

夜鶯的家暴法剛通過的一條：
說「不再渴望你」時
不可用過重的嗓音

260
（據179～181首）

葡萄牙或可行的
國家夢：葡萄暴牙
葡萄金牙，葡萄特調牙……

182

文法家的燕子用剪刀把愛剪成靈類
和肉類，卻忘了區分動、名詞：
愛人愛做愛人愛，我愛不愛我……

183

你們翻做七腳川：我們的部落多薪柴
兩隻腳上山砍柴，兩隻腳跨舟捕魚，兩隻
落地跳舞還有一隻翹起來等「卡陰」

＊七腳川，阿美族部落，在今花蓮吉安，爲阿美族語Cikasoan之音譯，原意爲「薪柴甚多之地」。卡陰（kayin），阿美族語「姑娘」。

184

水很清：丁仔漏的少年大家快跳
到溪中去，仰泳成一排肉筏，讓丁字褲
下的釘子漏出來，一起釘向天空

*丁仔漏，位於花蓮豐濱西邊海岸山脈台地的阿美族部落，前有溪，族人稱 Tingalow，意即「水甚清」，漢人譯爲「丁仔漏」。

261

（據182～184首）

魚水愛愛的不成文法：
一肉不跨兩流，水動
魚和天空一起大動

185

把「紅座」叫安通嘛通：坐下來，讓黃黃的溫泉洗你的身體，讓夕燒小燒烙在你的紅屁股，且放個屁，安安地和硫磺的臭味交通

＊安通溫泉，在今花蓮玉里，所溢出的硫磺臭味，阿美族稱angcoh（臭氣），取之爲社名。漢人以閩南語近音稱「紅座」，日人改稱安通至今。「夕燒小燒」，日語「晚霞漸淡」之意，亦爲一知名童謠。

186

在太麻里看海。在一萬頃灰藍的水田上
播種大麻，並且在離去時收割飄飄欲仙的
半神們吞吐的紅得太麻辣的煙霞

187

大俱來，我們平凡的部落，在面洋的平坦台地
大海來到這裡止步，大山來到這裡止步，大夢
來到這裡暫停不走，等你入座：大家一起來啊

＊阿美族 Tapowaray 部落在今台東長濱，位於無名溪左岸，八仙洞南方，面向太平洋，原意「平坦的台地」，漢人轉稱爲「大俱來」。

262

（據185～187首）

大神、小神們

通過我的屁股放屁，讓我

暫得神通，臭屁一下嘛

188

哥哥與妹妹坐著薄薄的木臼浮海而來，生下
薄薄的我們，在一塊薄薄的臼形地裡種田搗米
薄薄，薄薄地度過我們薄酒輕歌的浮生

*阿美族薄薄社在今花蓮南埔，傳說祖先是遇洪水坐著大臼漂流而來的一對兄妹。木臼，阿美族語 papokpokan（「巴薄薄安」），節之而爲社名。又說因部落各户傍晚臼中搗米發出 pokpok 聲而得名。

189

台灣島視訊會議實況轉播：龜山島說頭要硬
澎湖島說奶要膨，綠島說要綠但不輕視海空的
泛泛之藍，旁聽的金門島舉牌說沉默不是金

190

沒有人寫信給曾母暗沙：南方之南沙子們說
明亮的南島語言。沒有人暗殺曾祖母：她
已經連同曾曾祖父曾曾祖母躺在島內許多年

263
（據188～190首）

明殺一浮泛藍而來形薄
頭綠的海龜，在南方
之南，金亮的沙之歌裡

191

島嶼明後日路況預報：汐止白沙，鶯歌
林邊，暖暖春日，萬里美濃；尖石集集
通霄烏日，番路八堵，水上霧峰

＊此首汐止以下皆台灣地名。

192

寫e-mail給沒養過滑鼠的曾祖母
談愛與死：她回我（並且要我轉寄）
閃電寫成的最古老的電子郵件

193

母親說過年到外面吃飯，跟回家
幾天的弟弟。我們到外面吃飯
看窗外明亮的草地，天上的雲

264

（據191～193首）

雲滑萬峰、鶯歌萬回
通通沒美過
她愛我幾天

194

二三子：荼蘼花開
春的姿態正冶艷得
腐敗，盍興乎來

195

時間過去傳簡訊給時間
未來：孩子，輪到你時
好好抓住自己

196

握住你乳房的我的手，是兩隻叮咚作響的鈴
我併攏兩掌喝水，我的手杯變成你的乳杯
我透過子音ㄅ喝水，整夜它勾拂著你的乳頭

265

（據194～196首）

你的乳房透過二、三
作響的春音傳簡訊給我：
「好孩子，抓住！」

197

歪曲的比喻，不倫的
倫理：仁慈的
詩的愛

198

讓死亡在你的口袋民宿一夜
體會你對它的好奇與膽怯：
可以試吃試睡，但非正式營業

199

我們對詩的形式愈陷愈深，而世界
依然像拔地而起的巴別塔愈築愈亂
依賴虛構，我們維持了一本傾斜之書

200

我要縮小我的詩型，比磁
片小，比世界大：一個
可複製，可覆蓋的小宇宙

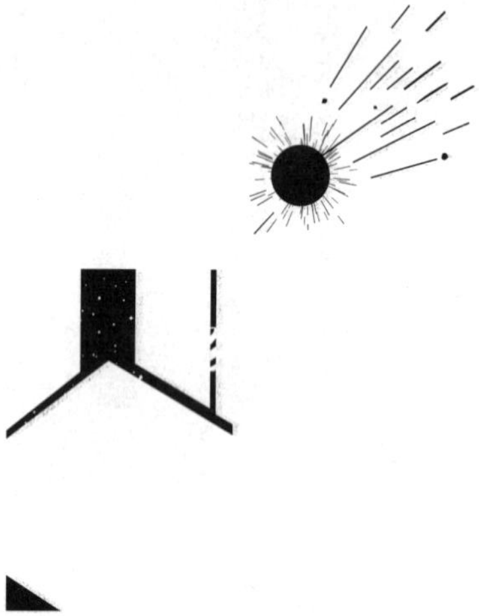

266
（據197～200首）

不倫的詩比倫理的世界仁慈
縮小你對死亡的膽怯，在
一口袋大，虛構的小宇宙裡

後記

一九九三年我寫了一百首三行詩，以「小宇宙：現代俳句一百首」之名出版。隔了十二年，在寫完詩集《苦惱與自由的平均律》等候出版的空白期，我突然興念寫另外一組「小宇宙」。從二〇〇五年五月三十日開始，到八月三十日，以三個月時間形塑「小宇宙II」粗胚。等《苦惱與自由的平均律》印出後，二〇〇六年一月，又動手增刪先前的草稿，完成第二組一百首三行詩（本書第101至200首）。在寫這些新作時，我即思索將它們與一九九三年的「小宇宙I」合併出版。看了「小宇宙I」第97首詩的讀者，也許要說：「喔，我知道，一個小宇宙加一個小宇宙，等於一個小宇宙。」它們合起來自然是一個小宇宙，但它們似乎也是相互對照、較勁的兩組小宇宙。

在先前為「小宇宙Ⅰ」寫的序裡，我曾描述這些詩是「以三行為囚室，置之絕處而後生」。在寫完「小宇宙Ⅱ」後，我發覺裡面有一首詩（第167首）這樣寫：「囚：／個人睡個人的榻榻米」。如果要我比較這兩組「小宇宙」有何不同，我要說「小宇宙Ⅰ」裡的一百首詩是「各首睡各首的榻榻米」；每間「三行囚室」是只一個榻榻米大的獨立房間——空間雖小，卻坐、臥、洗、拉各種功能兼備。「小宇宙Ⅱ」裡的那些「三行囚室」，有些固然也是自身具足的獨立小室，有些卻合數室為一間，成為互相通連的套房（suite）或組曲（suite的另一意）；讀者出入其中，覺得各室之間似隱有相通之情節或氣氛，有的甚至有點連載小說或連續劇的意味。

這些套房通常由相鄰之室組成，譬如「小宇宙Ⅱ」的109與110首；128與129首；139與140首；147與148首；151與152首……等。但也有隔空呼應，跳接跨連者，譬如101與121、193等首；113與143首；113、114、115與177、179等首；135與149前後幾首；158與167前後幾首等。說到最後，整組一百首三行詩就是一個大房間，一個小宇宙。不同的讀者在不同時候進入其間，可能組合出不同的大小套房。如何樂在其中，成為這個大囚室裡快樂的囚犯，是上帝這個典獄長賜給我們的最大恩典。

在「小宇宙Ⅰ」的序裡，我提到這些三行詩有一部份是對古典俳句或其他藝術經典的致敬或變奏。「小宇宙Ⅱ」裡，也有一些是從前輩或友輩甚至晚輩或自己的詩作轉化而來。不管是奪胎換骨，或整型移植，詩的家庭之旅是孤寂的宇宙家庭之旅中，最具體而溫熱的一環。

莊裕安在附錄於一九九三年《小宇宙：現代俳句一百首》一書的評論文字裡說，「再逼使他（陳黎）創作下一個一百首，立可白、迴紋針、保險套、Ｖ８、大哥大，沒有一樣不可以入詩……」。在《苦惱與自由的平均律》裡，我寫過一首《立可白的夜》。在「小宇宙Ⅱ」裡，我用了「大哥大」，還有一些莊裕安當年寫那篇文章時中文詞庫裡可能還沒有的「轟趴」、「視訊」、「三Ｐ」、「低溫宅配」……等。我與莊裕安當年因為對音樂、電影……之愛，愚昧地錄了成千上百現已發黴、丟棄或等著發黴、丟棄，占據家裡不少空間的BETA、VHS錄影帶，怎麼知道如今一張手掌大的薄薄的DVD，就能安全、方便地收錄那些偉大的經典，並且可以快速地複製或編輯。軟體的輕盈或許能說明我們化解「生命」——這最死硬派的硬體——難以承受的硬與重，讓我們略略感受其柔與輕。在「小宇宙II」最後一首，我說：「我要縮小我的詩型，比磁／片小，比世界大：一個／可複製，可覆蓋的小宇宙」。我的詩覆蓋前已有之詩，且被後來之詩覆蓋；我的詩複製被不同世代旅人詠歎的生之況味，且被不同世代旅人複製。這些詩，在二十一世紀初，被我在電腦裡寫成，搜集在一張手掌大的薄片裡，而後被轉印成書。我知道，以後，承載這些詩的軟體會更小、更輕，但我不確定，被這些詩所承載的宇宙人生，會不會變得比較不硬、比較不重。讓我複製莊裕安一九九三年的話：「讓我們來發現生命中難以承受的輕，生命中可以享受的《小宇宙》。」

*

二〇一二年，我因手疾、背痛，不能使用電腦或提筆寫作，困頓中只能以鉛筆從已存作品中圈選文字重組成新詩作，既再生既有之文字，也企圖再生、復活自己身心的力量。三月至七月間，完成了不少此類「再生詩」，其中六十六首取材自前作《小宇宙》兩百首，我稱之為「新《小宇宙》六十六首」，二〇一五年一月起又大幅修改，即排印於本書左下方頁面的第三組詩——「《小宇宙》變奏六十六首」。如是構成一本立體的詩集：兩百首「母詩」，加上六十六首「子詩」、新生詩。

陳黎

二〇一六年一月・花蓮

附錄

甜意的觸電

莊裕安

1

陳黎《小宇宙：現代俳句一百首》，顯然沿用了巴爾托克那一百五十三首 Mikrokosmos 的標題。一九二二年巴爾托克再婚，兩年後生下次子彼得。再過兩年，他興起為小兒子啟蒙的念頭，寫一些給幼兒練習指法的鋼琴小曲。這六冊《小宇宙》寫了十一年，十三歲的彼得如果練習得宜，早可以開一場演奏會了。

陳黎這組作品，並沒有巴爾托克所預設的教育目的，可是奇妙地，卻有相當的稚氣。這些短詩，密集展示小孩與童年的意象，即使幾首出現「賓館」、「褲襠」、「隧道」、「精液」的限制作品，基本上作者仍不脫頑童樣相。前腳已經跨入四十大關的陳黎，依舊保持青少年充沛又新鮮的嗅覺，這些元氣恐怕和他那國中老師的職業有點關係。如果這一百首作品，像巴爾托克那一百五十三首作品，成為兩歲到十三歲兒童的「現代詩教本」，不知道是否有人反對？

2

二十個字就能寫好一首詩，不用我為你翻《唐詩三百首》吧。陳黎這些詩，介於李白與魏本（Anton Webern）之間。李白的五言絕句，也不用我置啄。魏本非常之節儉，二十七秒用來表現一首為大提琴與鋼琴的「非常有活力地」樂章，已是綽綽有餘了。魏本的語彙，根本不存在起承轉合、平仄、韻腳，有些樂章短得像觸電。

陳黎的俳句，無意成為「調性的反叛者」，他的電流雖然帶給指尖一點痠麻，但也很容易在舌尖感覺出甜意。陳黎在「魏本式奔放」間，依舊守住「李白式規矩」。就以作品21為例：「眼淚像珍珠，不，眼淚像／銀幣，不，眼淚像／鬆落後還要縫回去的鈕釦」。在「珍珠／銀幣／鈕釦」的遞移間，我們可以感知它們的「價值：由罕而凡」、「形狀：由圓而扁」、「動態：由滾動而安定」、「色澤：由亮而暗」等等。這裡面並沒有提及時間，但我們可以感覺到「能趨疲」（Entropy），原來人生的少年、中年、老年，也是一種物理。

節儉的文字，常帶來多義的好處，為什麼詩要多義呢？因為一樣詩飼百款人啊。這「眼淚」到底是喜極而泣，噙眶欲滴、珍珠斷線或洪濤破堤呢？詩的「主格」包容夠大，雖短而不隘。如果說「眼淚」有悲喜兩極意義，那麼「鬆落後還要縫回去」，便擺盪在「珍惜」與「可棄」之間，這模稜兩可的含蓄，多像「淚流時無比珍惜，淚乾後發覺無益」的人生真相。至於「鈕釦」這個字眼，又可與「衣服」產生共鳴，產生眼淚是為人生「遮羞」、「禦寒」、「裝飾」種種聯想。

依此「邏輯」，您不妨試著發展底下的例子：第30首「街／口香糖／咀嚼」，第32首「小孩／氣球／旋轉木馬」，第43首「手套／乳酪／臉」，第78首「夢／金融卡／密碼」……。

3

幸好陳黎的每一首俳句，都是質疑或挑釁的，沒有使這些「詩」變為「座右銘」。一個懷疑論者，怎堪把一個句子壓在案頭玻璃墊下，超過一夜。那些可能成為永恒的事物，時間於「星期八」，落點在「骰子的第七面」，嚴重似「一塊耳屎」，優美如「不忍戳破的蛋」。奧義有時不存在於辯論，而在於遊戲。

我想，陳黎會成為當代重要的詩人，乃於他享有許多詩的「專利權」。任誰看了第51首「雲霧小孩的九九乘法表：／山乘山等於樹，山乘樹等於／我，山乘我等於虛無……」，那種玩弄諧音和意象，寓世故於天真，都是讓人永誌腦海的。這種驚人的創意，簡單得只能用一次，深刻得叫人過目不忘，宛如去「詩國」申請了專利權。

除了聲音的把戲，陳黎對美術的好奇，也使他的作品，呈現照片或油畫的趣味。比方第77首「他們常常在按摩院門外，／拉兩條繩子，舉行／大小毛巾們的手語演講比賽」，就喚起我觀賞魏斯（Andrew Wyeth）蛋彩畫的快感。這些靜物風景，最重要的特點，便是「生活過的痕跡」，就像「毛巾上的手語」。陳黎和魏斯經常不帶特別的感情，像這三十一個字裡，就沒有多餘的情緒形容詞。它們只投注於特寫的一個「定格」，卻有無窮的韻味溢出框架。

這首詩首先給人一種欣快喜悅，曬毛巾變成演講比賽。可是這種甘甜，會因為「按摩院」、「手語」，引發讀者對盲聾的聯想，而生出苦澀的調味。這首詩足以一再玩味的地方，在於陳黎從來都不約定俗成，對殘障者的感情，絕不是清一色的「同情」。人們看待殘障者，習慣用一種

「俯角」，但陳黎這回用了「仰角」，帶著一種羨慕的眼神，去參與這場滔滔漫漫的演講比賽。

對於早已存在的事物，你想取得「詩的專利權」，最好換一下自己視野的角度。

4

陳黎之異於李白，別的不說，至少在於「遙控器」、「卡拉ＯＫ」、「電子錶」、「金融卡」、「抽水馬桶」等等。我想，再逼使他創作下一個一百首，立可白、迴紋針、保險套、Ｖ８、大哥大，沒有一樣不可以入詩。詩的最高目的，是「詩就人」而不是「人就詩」。當無事無物不可以入詩時，詩就是生活，詩人就是一首詩。詩當然是讓詩人過得有創意和有成就感，雖然在意象轉化時，不免也要嘗嘗「白頭搔更短」的折磨，但「孵詩」是一樁快樂又得意的活兒。

這些詩的修辭，雖然是天馬行空的幻想，但和生活扣得相當密。在「詩史」的時間定點上，將來的人應該可以輕易發現是二十世紀九〇年代的作品。如果和陳黎早先詩作比起來，這位語言的魔術師擺脫了一向的道具。《小宇宙》幾乎是一組「名詞與動詞」的詩，至於為什麼罕見「形容詞與副詞」呢，那當然是前者已具備了後者的功能。我們從貝多芬、布拉姆斯、馬勒、荀白克一脈裡，會發現音樂史的進化流變，陳黎這些俳句雖然向日本傳統靠攏，其實也是勢之所趨。

眾多前衛摩登的藝術潮流，最容易讓「騙子」躋身進去。很高興的是，陳黎這些俳句，全是可解的禪意，沒什麼矇騙把戲。「意在言外」的境界，是空靈而自由心證的，陳黎這些短詩，幾乎每一首都有實質的附貼。像「夜」這個無形的時間概念，他就黏上各種有形的空間概念：「水龍頭」、「梳子」、「鐵」。相對於「夜」，後三者的形象是約束而具體的，所以陳黎所採用「詩的放射」，總是放射到一個比原物更小的領域。還需要別的例子嗎？「時間／撲滿」、「婚姻／衣櫃」、「人／打火機」……。

這些意念，也都呼應陳黎先前的句子，「我願意我的世界比糖果盒小些／比易碎的玻璃堅實些」（一九七八年：〈驟雨〉）、「我們的生命是僅有的一張薄紙，／寫滿白霜與塵土，嘆息與陰影。／我們在一撕即破的紙上做夢，／不因其短小、單薄而減輕重量……」（一九八八年：〈春夜聽冬之旅〉）。

所以我這篇將近三千字的長文，至少便有兩個用意。第一個當然是打開陳黎的迷你錦囊，把幾首詩攤開來，與你聊天。第二個就是與正文來個精練與繁瑣的對照，每一首詩認真析意起來，可以花上幾十倍的字數。以至於這篇附錄的字數，幾乎和正文的字數等量了。那些覺得買這本書划不來，認為字數太少的讀者，我要罰他學我的樣，把每一首詩的含意，都一清二楚寫下來。

讓我們來發現生命中難以承受的輕，生命中可以享受的《小宇宙》。

一九九三年

九歌文庫 1221

小宇宙 & 變奏

作者	陳　黎
責任編輯	羅珊珊
創辦人	蔡文甫
發行人	蔡澤玉
出版發行	九歌出版社有限公司
	臺北市105八德路3段12巷57弄40號
	電話／02-25776564・傳真／02-25789205
	郵政劃撥／0112295-1
九歌文學網	www.chiuko.com.tw
印刷	晨捷印製股份有限公司
法律顧問	龍躍天律師・蕭雄淋律師・董安丹律師
初版	2016（民國105）年4月
定價	**300元**

書號	F1221
ISBN	978-986-450-054-3

（缺頁、破損或裝訂錯誤，請寄回本公司更換）

版權所有・翻印必究　Printed in Taiwan

國家圖書館出版品預行編目資料

小宇宙＆變奏／陳黎著. -- 初版. --
臺北市：九歌，民105.04

面；　公分. --（九歌文庫；1221）

ISBN 978-986-450-054-3（平裝）

851.486　　105003428